吸血鬼は炎を超えて

赤川次郎

集英社文庫

イラストレーション／ホラグチカヨ
目次デザイン／川谷デザイン
ギャラリーデザイン／織田弥生

吸血鬼は炎を超えて

CONTENTS

吸血鬼は炎を超えて

吸血鬼は裏切らない

夜遊び

「お疲れさまでございました」

ホテルの支配人は妙にかしこまって頭を下げた。

「いやいや……」

と、手を振ってみせたのは、S市の市長、仲本《なかもと》だった。

「何かお部屋へお持ちいたしましょうか。夜食やコーヒーなど……」

「ありがとう。私はすぐ休むから、気をつかわないでくれ」

と、仲本は言って、エレベーターに乗った。

「お部屋までお送りします！」

と言う支配人を、

「その必要はないよ。――では、おやすみ」

仲本は秘書の山倉《やまくら》と二人でエレベーターに乗り、扉が閉まると、

「うるさい奴だな、全く！」

と、文句を言った。

「注意しておきましょう」

と、山倉が言った。

「いや、放っとけ。ああいう人間から悪口が広まると厄介だ」

エグゼクティブフロアでエレベーターが停《と》まる。仲本はスイートルームのドアを開けて、

「山倉、おまえ、何も食べてないんだろ」

「は……。大丈夫です、一晩くらい」

「まだ三十歳だぞ。朝までもたない。下のラウンジなら食べられる。行ってこい」

「ですが、このフロアを離れるわけには――」

山倉はがっしりした大男である。秘書というよりガードマンだ。

「俺は風呂に入る。大丈夫さ。ゆっくり食べてこい」

「はい。では、お言葉に甘えまして」

「ああ、行ってこい」

「何かありましたら、いつでもケータイを鳴らしてください」

「分かってる」

「では」

山倉がエレベーターの方へと行ってしまうと、仲本は、

「やれやれ……。真面目すぎても面倒だ」

と呟いた。

仲本はスイートルームに一旦入ると、すぐに出てきて、足早にエレベーターへと向かった。

一階下のフロアで降りると、

「ええと……。こっちか」

廊下をせかせかと急ぐ。

でっぷり太った五十男は、小走りにドアのルームナンバーを見ながら急いだ。

一つのドアの前で足を止めると、ニヤつきながら、チャイムを鳴らす。

「――どなた？」

明るい女の声がした。

「俺だ。仲本だよ」

すぐにドアが開くと、スーツ姿の小柄な女性が笑顔で立っている。

「来てくれたのね、市長さん」

「よしてくれ、そんな呼び方」

と、仲本は部屋へ入ってドアを閉めると、

「なかなかパーティから抜けられなくて参ったよ。待ったかい？」

「私も少し遅れたから。仕事が手間取って」

「もう邪魔は入らない。ゆっくりしよう」

仲本は上着を脱いでソファの上に放り投げた。

「あの大きな人は？　忠実な番犬さん」

「山倉か。下へ飯を食べに行ってる。あの図体で晩飯抜きだ。今ごろ三人前ぐらい食ってるさ」

　仲本は女を抱きしめようとしたが、

「待って。いろんな匂いが染みついてるわ」

と、女は仲本を押し返し、

「パーティで女に囲まれてたのね？」

「出席者の三分の二が女で、しかも厚化粧だ。気分が悪くなりそうだった」

「じゃ、シャワーを浴びてきて。後で汗をかいたら、また浴びればいいわ」

　女は素早く仲本にキスした。

「よし。君も一緒に入ろう」

　早くもネクタイを外し、ズボンを脱ぐ。

「先に入ってて。女はいろいろ支度があるのよ」

「分かった。行ってる」

　仲本はバスルームへと走るように入っていった。

——女の名は〈あやの〉。姓は知らない。どこかの記者なのだろうが。仲本にはどうでもよかった。

記者との懇親会で出会った。

大きな黒い瞳に見つめられて、いっぺんで参ってしまった。三十過ぎだろうが、可愛《かわい》い顔立ちで、微笑むとえくぼができた。

あどけなさの残る面立ちと、引き締まった体つきの女らしさが同居している……。

「明日の夜は？」

と訊《き》いた仲本に、〈あやの〉は、

「朝まで空いてるわ」

と答えたのだった。

こうして、今、ホテルの部屋へやってきた。S市の地元では、愛妻家の家庭第一で売っている。こうして東京に出てきた時には、もともと「付き合っている」女の誰かと会っていたが、今回はこの女と出会った。

「ラッキーだ」

ご機嫌で、シャワーを浴びながら鼻歌など歌っていた仲本は、バスルームに女が入ってきたことに全く気づかなかった。

「――のぼせちまう」

仲本はシャワーを止めた。

その時、シャワーカーテンがシュッと開いた。

「よく食べるわね」

呆れるように言ったのが橋口《はしぐち》みどりだったから、一緒だった神代《かみしろ》エリカと大月《おおつき》千代子《ちよこ》の二人は揃《そろ》って笑いをかみ殺した。

もちろん、自分のことを言ったのではない。

二つ三つ離れたテーブルで一人食事している、がっしりした大柄な男のことだ。

「まずカレーライス、大盛りで頼んで、食べ始めると同時にピザの大判頼んで、ついでにスパゲッティ頼んで……」

「みどりより上手《うわて》ね」

と、千代子が言った。

「私なんか、普通よ」

と、当人が言っているのだが、この同じ大学の三人組の中では、橋口みどりが一番の大食いなのは誰の目にも明らかだった。

「私もお腹空いたわ！」

と、神代エリカは言った。

大学の文化祭の準備で、三人揃って遅い夕食である。

〈本日のディナー〉を頼んだ三人は、まず一緒にスープを飲んで少し落ちついた。

「おい、君」

と、あの大男はウェイトレスを捕まえて、

「ハンバーグステーキ、２５０グラムを追加ね。ライス大盛りで」

「かしこまりました……」

ウェイトレスの方も半ば呆れ顔。

「負けた！」

と、みどりが首を振った。

「初めっから勝てないでしょ」

と、千代子が苦笑した。

エリカのケータイが鳴った。

「——お父さんだ。もしもし？」

と、席を立って、ラウンジの外へ出る。

「え？　今、このホテルに向かってるの？　——うん、三人でご飯食べてる。——はい、分かった。テーブル、広い所へ移っとくよ」

エリカはラウンジの中へ戻ると、

「ちょっと、席を移ろう。お父さんたちが来る」

「クロロックさんが？　どこかへお出かけだったの？」

と、千代子が訊いた。

「家族サービスで遊園地。途中で虎《とら》ちゃんが寝ちゃって、遅くなったんだって」

神代エリカの父フォン・クロロックは「本物の」吸血鬼。ルーマニアから日本へやってきて、日本人女性との間に生まれたのがエリカである。

今の母は後妻で、エリカより一つ年下という若妻、涼子《りょうこ》。幼い虎ノ介《とらのすけ》の母親として、クロロックに対しては圧倒的に「強い」。

「すみません、あと、大人二人と子供が一人来るんで」

ウェイトレスに頼んで、広いテーブルに代えてもらった。――そこは、あの大食いの男性の隣だった。

「じゃ、私、そこに座る」

と、エリカは入り口が見える席に腰をおろした。

すると、ラウンジに派手なピンクのスーツを着た中年女性が入ってきた。

そして真っ直ぐに、あの大男のテーブルへ向かった。

男は、その女性がテーブルのそばに立ったことにも全く気づかずにスパゲッティを、まるでソバのようにズルズルとすすっている。

しばらくして……。

男がやっとその女性に気づくと、ヒョイと見上げて、ギョッとした。

「──奥様！」

と、あわてて立ち上がる。

「主人はどこ？」

と、その「奥様」は椅子にかけると訊いた。

「あの……お部屋でございます」

「山倉君、あなたは主人を一人にしちゃいけないんじゃないの？」

「それは……申し訳ありません！　奥様が東京においでとは……」

「私のことはどうでもいいの。Ｓ市長の仲本公人《きみひと》が万一、危険なテロリストに狙われるようなことがあったら……」

「はい！　先生より、食事してこいと言われまして」

「主人がそう言ったの？　──怪しいわね」

「は……」

「部屋はどこ？」

「エグゼクティブフロアのスイートでございます」

「行くわ」

と、立ち上がり、

「あなたも来るのよ！」

「はい、奥様！」

と、あわてて立つと、ウェイトレスへ、

「ステーキ、後で食べるから！　待っててくれ！」

と怒鳴った……。

「――S市の市長？」

と、千代子が言った。

「確か、仲本って名よね」

「奥さん、突然やってきたのね」

と、みどりがニヤつく。

――S市の市長、仲本公人は、エリカたち大学生でも顔を知っている。それは仲本市長がマスコミに積極的に姿を見せて、半ばTVタレントと化しているからだ。

その人気で、仲本は昨年の選挙でも圧勝し、今三期目をつとめている。

市民の中には、「選挙なのに、何一つ政策を訴えないで、笑顔で手を振るだけで勝った」仲本を批判する者もいたが、それはごく少数で、仲本はますますタレント活動に力を入れていた……。

「奥さんが『怪しい』って言ってたのは……」

と、千代子がエリカを見る。

「そりゃ、そういうことでしょ」

エリカがそう言って肯《うなず》くと、みどりがふしぎそうに、

「何の話？」

「みどりは食べてなさい」

「浮気の現場を押さえられたら面白いわね」

と、千代子が言った。

「ついていけば良かった」

そのとき、ラウンジにクロロック親子が入ってきたのである。

恩人

「出ないわね」

仲本《なかもと》の夫人、岐子《みちこ》はスイートルームのチャイムを何度も鳴らした。

「おやすみになっていらっしゃるのでは……」

と、山倉《やまくら》が言った。

「いくらぐっすり眠ってても、これだけ鳴らしたら起きるわよ」

「ああ、お風呂に入るとおっしゃっておいででしたから……」

岐子はスイートルームのドアに耳をつけて、

「――シャワーの音も水の音も全くしないわ。私が許す。このドアを叩き壊しなさい」

「壊すんですか？　まさか……。あの、ルームキーなら持っています」

「何ですって？」

「カードキーで、二枚あったものですから、念のため一枚持っていることに——」

「早く言いなさい！　開けて！」

「はあ……」

山倉としては、雇い主はあくまで仲本なので、ためらっていたが、目の前の岐子の迫力には勝てなかった。

「——あなた。いるの？」

と、岐子はスイートルームの中に入ると、呼んでみた。

「どこにもいないわね」

「おかしいですね。確かにすぐやすまれると——」

「女よ」

「は？」

「決まってるわ。主人は今、このホテルの別の部屋で浮気中。——許さないわ！」

と、岐子は唇をかんだ。

「それでは、もしかしたら……」

と、山倉が言った。

「何か思い当たることが?」

「あの——私はフロントでルームキーをもらって、先生の所へ戻りますと、先生は私に背中を向けて、ケータイで話しておられました。その時、『一〇二五だな』とおっしゃるのが耳に入って……」

「一〇二五?」

「この一つ下の階ですね」

「行ってみましょう!」

二人はエレベーターへと勢いよく歩きだした。

「やっと食いものにありつけた」

と、フォン・クロロックはサンドイッチを食べながら言った。

「向こうでも、食べる所、いくらもあったでしょ」

と、エリカが言った。

「どこもかしこも満員で行列なの」

と、涼子《りょうこ》が言って、クロロックの方へ、

「あなたがちゃんと調べて予約しておかないからいけないのよ」

「うむ……。まあ、人生、耐えることも必要だ」

と、クロロックは言った。

涼子はお腹が空くと不機嫌になる。その辺は何百歳も（？）年上のクロロック、よく分かっているのである。

スパゲッティが来て、猛烈な勢いで食べ始めた涼子、幼い虎ノ介《とらのすけ》も、こういう時に母親に声をかけると怒らせると分かっているので、おとなしくしていた……。

スパゲッティをほぼ八割方平らげると、涼子はやっと優しい表情になって、

「虎ちゃんもお腹空いたでしょ。スパゲッティ食べる？」

と、訊いた。

虎ちゃんがコックリ肯《うなず》く。

「はい、じゃ、アーンして」

虎ちゃんが残ったスパゲッティをきれいに食べてしまうと、

「オシッコ」

と言った。

「偉いわね！　ちゃんと教えてくれるのね、虎ちゃんは」

涼子が虎ちゃんの手を引いて、ラウンジを出ていく。

「お疲れさま」

と、エリカが言った。

「妻と子のために苦労するのが夫の務めだ」

クロロックの言葉に、みどりと千代子《ちよこ》が感心していた……。

——涼子はラウンジを出るところで、

「トイレはどこですか？」

と訊いて、ロビーの一つ上のフロア、と聞いたものの、上のフロアへ行くエスカレーターの場所が分からず、ちょっとうろついていた。

　そのとき、バッグの中でケータイが鳴った。

「あら、誰かしら」

　同い年の子を持つママ同士、いろいろと連絡をとることもあり、急いでケータイを取り出す。ママの手を離れた虎ちゃんは広いロビーをタッタッと駆け出した。

「ちょっと！　遠くに行っちゃだめよ、虎ちゃん！　――あ、もしもし。こんばんは。――いえ、ちょっと外だけど、大丈夫」

　ホテルのロビーの中である。危ないことはないだろうと思っていたが……。

　大きな団体客のバスが正面玄関に着いていた。ゾロゾロと入ってくる外国人の客。その荷物が大きな台車に山積みになってロビーへ入ってきた。

「失礼いたします……」

　台車を押しているボーイは、頭より高く積み上げたトランクの山に隠れて、前方が見えなかった。

　そして、ちょっとヨタヨタとした足どりの虎ちゃんが、そのトランクを積んだ台車のすぐ前に――。

「危ない！」

という声がして、ボーイがハッとすると、台車を力一杯引いて止めた。

急に止めたことで、トランクの山の微妙なバランスが崩れた。一番上にのせてあった数個のトランクが、虎ちゃんの頭上へと落ちてきたのだ。

ケータイで話していた涼子は、それに気づいたが、固まって声も出なかった。

その瞬間、エレベーターの方からロビーへ出てきていたスーツ姿の女性が、虎ちゃんに向かってダイビングした。虎ちゃんを抱きかかえてロビーの床を滑る。

重いトランクが、その女性の足の上に落ちてきた。

クロロックがハッとして、

「虎ちゃんの泣き声だ！」

と立ち上がると、猛然とラウンジを飛び出していく。

エリカもあわてて後を追った。

エリカがロビーへ駆けつけたとき、涼子は泣く虎ちゃんを抱きしめて床に座り込んでおり、クロロックはトランクを放り投げて、足を押さえて呻《うめ》いている女性を抱き起こしていた。

「救急車を！」

と、クロロックが言うと、フロントの係があわてて電話へ飛びつく。

そのとき、エレベーターから降りてきた仲本夫人が、

「誰か……。一一〇番して！　救急車と消防車……」

と、オロオロしながら、ロビーに座り込んでしまった。

「主人が……殺されてるの！　誰か……誰か助けて！」

と、仲本夫人は言った。

ともかく、ロビーは大混乱だった……。

入院

エレベーターを降りると、紺のブレザーを着たその少女は、小走りにナースステーションへ駆け寄って、

「すみません」

と、声をかけた。

「姉が入院したと連絡があったんですけど……」

「入院ですか？」

と、看護師が顔を上げる。

「足を骨折したと――。あの……」

「患者さんのお名前は？」

「あの――姉は白井《しらい》あやのです」

「ああ、あの方ね。今、手術中です」

「手術……」

少女の顔から血の気がひいて、

「そんなにひどいんでしょうか」

「詳しいことは、先生から聞いてください。そちらで待っていて」

事務的に言われて、少女は納得しかねる風だったが、仕方なく廊下の長椅子に腰をおろした。

学校帰りで、学生鞄を膝にのせて、不安げに息をつくと……。

目の前に誰かが立った。――大きな人だ。

見上げて面食らった。そこに立っていたのは、外国人で、しかも映画に出てくる「吸血鬼」みたいな格好――マントまで身につけている。

誰、この人？　映画のエキストラか何かかしら？

「白井あやのさんの妹さんかな？」

と、その人は日本語で訊いた。

「そうですけど……」

「私はフォン・クロロック」

「クロ……ロックさん？」

「あやのさんは今手術中だ。命にかかわるようなことではないが、左足首を骨折している。いささか複雑な骨折で、手術はあと二、三時間かかるということだ」

「そうですか……」

とりあえず少しホッとしたが、

「どういうことだったんでしょう？」

「君は高校生かな？　名前は？」

「白井佐知子《さちこ》です。今、高校二年生です」

「事情を説明しよう」

と、クロロックは白井佐知子の隣にかけて言った。

「君のお姉さんのおかげで、私の息子は命が助かったのだ……」

ホテルのロビーでの出来事を聞くと、佐知子は少し安堵した様子で、

「そんなことだったんですか」

「あやのさんが身を挺《てい》して助けてくれなかったら、虎ノ介《とらのすけ》は今ごろ命を落としていただろう。何と礼を言っていいか分からない」

クロロックが頭を下げる。

「私が助けたわけじゃないですから」

と、佐知子があわてて言った。

「でも、良かったですね、息子さんがご無事で」

「家内からも礼を言わせたいと思っている。今は、息子を連れて帰っておるが」

と、クロロックは言って、

「この病院へ運び込んだとき、あやのさんは君に連絡してくれとだけ言った。他にご家族は？」

「いません。姉と私、二人で暮らしてるんです。姉は今三十二歳で、私とは十五歳も離れてるんですけど、母親が違うんです」

「なるほど」

「でも、どっちの母も亡くなって、父は十年前にどこかへ行っちゃったんです。私たちを捨てて」

「それは……」

「姉は大学を中退して、働いて私を育て、学校へやってくれています」

「大事な姉さんだの」

「ええ。私にとっては、姉でもあり、母でも父でもあるような人です」

「立派なことだ」

と、クロロックは肯いて、

「あやのさんのけがについては、このクロロックが責任を持って、完治するまで面倒をみる。君の生活についても、任せてくれたまえ」

「ありがとうございます」

「いや、当然のことだ。礼を言われては、こちらが困る」

クロロックは名刺を渡し、

「まあ、大した会社ではないが、一応社長をつとめる身だ。心配せず任せなさい」

「どうも……」

妙な格好はしているが、いい人らしい、と佐知子は思った。

「お父さん」

「おお、来たか。——娘のエリカだ」

クロロックがエリカを佐知子に引き合わせる。

「困ったことがあったら、何でも言ってね。父よりは私の方が、いろいろ言いやすいだろうし」

と、エリカは言った。

「ありがとうございます」

「そういえば、エリカ、虎ちゃんの方はどうした?」

「うん、やっと落ちついたみたいで、お母さんに抱っこされてぐっすり眠ってたよ」

「そうか!　そう聞いてホッとした」

佐知子は、「吸血鬼」スタイルのこの貫禄のある紳士が、我が子を「虎ちゃん」などと呼んでいるので、おかしくてつい笑ってしまった。

エリカは佐知子のことを聞いて、

「私も、虎ちゃんとは母親の違う姉弟なのよ。年齢が離れてると可愛いわね」

と微笑んで、

「そうだわ。お姉さんのあやのさんはどういう仕事をしてらっしゃるの？　このけがで、しばらくお仕事を休まなきゃいけないだろうし。お勤め先にも連絡しなきゃいけないと思うの」

エリカに訊かれて、佐知子はちょっと困った表情で、

「それが……姉が何の仕事をしてるのか、私、よく知らないんです」

「どういうこと？」

「会社に通ってるとか、そういう仕事じゃないんです。私も姉のケータイしか知りません。——自由業っていうのか、依頼があると仕事に出かけて、何日も帰らないこともありますし、しばらく家でブラブラしてることもあるんです」

「それは羨ましい身分だ」

と、クロロックが言った。

「社長といえども、毎朝ちゃんと出勤しなくてはならん」

「当たり前でしょ。雇われ社長なんだから」

と、エリカは苦笑して、

「じゃ、仕事のことはお姉さんに直接訊いてみましょ。でも、とても運動神経のいい方ね。虎ちゃんを助けてくれたときも、見ている人がびっくりしたって」

「ああ、それは――。姉は時間があるとよくスポーツジムに通っています。『肉体労働だから』なんて言いますが、どういう仕事か教えてくれません」

と、佐知子は言った。

そのとき、看護師がやってきて、

「手術、あと一時間ほどで終わるようです」

と、教えてくれた。

「ありがとうございます！」

佐知子は思わず大きな声で礼を言っていた……。

ゆっくり目を開けると、白井あやのは少しぼんやりした感じで、ベッドを覗き込んでいる佐知子を見た。

「お姉ちゃん！　分かる？」

「ああ……。佐知子ね……。分かるわよ、もちろん」

と、小さく肯く。

「手術、うまくいったって！　良かったね」

「そう……。どうしたんだっけ、私？」

クロロックが進み出て、

「あなたは、我が息子の命を救ってくれた。本当に感謝しておりますぞ」

クロロックが、虎ちゃんの救われた状況を説明すると、

「ああ、そんなことが……。思い出しました」

と言って、

「あの子は大丈夫でしたか？」

「すり傷一つなく、無事でした」

「そうですか……」

あやのは深く息をついた。

「妹さんのことは、入院中、私どもで面倒をみさせていただく。ご心配なく」

と、クロロックが言った。

「よろしく……」

と、あやのは言った。

「――お礼をしなくては。何かお望みのものがありますかな？」

クロロックに訊かれて、あやのは、

「望みのもの……ですか。――何でもいいでしょうか」

「むろんです。息子の命を救ってくださったのだ。どんなことでも言ってください」

「どんなことでも……。約束していただけますか？」

「もちろん」

と、即座に言った。

そのとき、

「失礼します」

と、看護師が入ってきて、

「クロロックさん、警察の方がお会いしたいと……」

「ほう？　何かな。──では失礼」

「どうも……」

クロロックが出ていくと、佐知子は姉の手を固く握って、

「自慢のお姉ちゃんだよ！」

と言った。

エリカはそっと病室を出た。

約束

「すると、その白井《しらい》さんという女性は、特に知り合いというわけじゃないんですね」

半田《はんだ》という刑事は、クロロックの話を聞いて肯いた。

「そのことが何か……」

と、クロロックは言った。

廊下の隅のソファで、二人は話していた。

「いや、実はあのホテルで殺人がありましてね」

「ほう。——うん、そういえば、ロビーで誰かが叫んどったな」

「殺されたのは、仲本公人《なかもときみひと》、S市の市長です」

と、半田刑事は言った。

「すると……」

「仲本市長は、あの部屋で女と会っていたのです」

半田はポケットから写真を取り出すと、

「この女ですが……。今、ここに入院している女では？」

と、クロロックに見せた。

「――違う女性のようだが」

と、首をかしげて、

「この女性は？」

「私が追っている殺し屋です。名も知られていない。〈死の女神〉などと呼ばれて、ギャング組織の中で、邪魔な人間を消す役目なのです」

「すると、仲本という市長も？」

「その通り、市長の裏で、闇の仕事で金をかせいでいた」

半田は立ち上がり、

「入院している女に会わせてください」

と言った。

「もちろんです」

クロロックが肯いて、

「こちらです」

と、案内する。

病室の入り口で、クロロックは半田を見ると、

「手術後なので、あまり刺激しないように」

「それは結果によって……」

半田がフラッとよろけた。

病室へ入っていくと、ベッドであやのがハッと体を起こそうとする。

「起きてはいかん。——この刑事さんは、あなたの顔を見たいというだけです」

半田はしばらくあやのを眺めていたが、

「なるほど、全く似ていませんな」

「そうでしょう」

「失礼しました。——では」

と、半田が出ていく。

「——何なの？」

佐知子《さちこ》がキョトンとしている。

「クロロックさん。——今のは？」

と、あやのが訊く。

「催眠術をかけたのです」

「まあ……。でも、それではあなたまで罪に問われます」

「私は約束しましたからな。どこまでもあなたを守る」

「でも——」

「息子の命の恩人です。当然のことです」

あやのはゆっくり起き上がると、

「いつまでも守れないでしょう。半田は私のことを知っています。いずれ思い出して……」

「どうしてほしいか言ってください。その通りにしましょう」

「逃がしてくれ、と言ったら？」

「あなたを連れ出し、どこかへ匿《かくま》っておきます」

「お姉ちゃん……」

「佐知子。——ごめんね」

あやのは妹の手を取ると、

「クロロックさん。私の願いは——この子を守ってもらうことです」

「——それでよろしいのかな？」

「はい」

「お姉ちゃん……」

あやのは一つ息をつくと、

「あの半田刑事を呼び戻してください」

と言った。

「承知しました」

クロロックが病室を出ようとすると、

「お父さん!」

エリカが駆けてきた。

「どうした?」

「変な男が三人、銃を持ってる」

「私を殺しに来たんだわ」

と、あやのが言った。

「組織のことをしゃべられないように。——佐知子、隠れていなさい」

「お姉ちゃん!」

廊下で銃声がして、叫び声がした。

「あの刑事だ!」

「クロロックさん! 妹をお願い。私は死んでも当然です」

「心配はいらん」

クロロックはエリカと共に病室を出た。

あの半田刑事が腹を撃たれて呻いている。

黒いスーツの三人の男が銃を手にして、

「そこだな」

「どけ！　死にたいのか！」

と、やってくる。

「そっちだろう、死ぬのは」

クロロックが全力をこめて力を送ると、三人の手にした銃が真っ赤に熱されて、

「ワッ！」

「手に……貼りつく」

三人が悲鳴を上げる。

「勝手に飛び込め！」

クロロックが風を巻き起こすと、男たちは窓を突き破って落ちていった。

「ここは何階だった？」

「三階」

「骨折で済むかな」

佐知子に支えられたあやのが出てきて、

「まあ……」

と、唖然としている。

「あの刑事だ。エリカ、お前の力で」

「うん」

エリカは、出血している半田へ駆け寄ると、

「やっ！」

と、気合いと共にエネルギーを傷口へ集中させた。

傷口が焼かれて、出血が止まる。

「――早くお医者さんを！」

と、エリカが叫んだ。

「何てこと……」

あやのはため息をついて、

「あなた方は……」

「我々は吸血族の血をひく者です」

「私は……幸運でしたね」

「お姉ちゃん……」

「私は——よくても何十年も刑務所だわ。ごめんね、佐知子」

「お姉ちゃん……。たとえ百年でも、待ってるよ！」

と、佐知子は姉を抱きしめた。

「ちょっと！　足が痛いでしょ！」

「あ、ごめん、忘れてた」

あやのは、涙の目で妹を見て、その額に唇をつけた……。


「仲本って、ずいぶん悪かったのね」

と、涼子《りょうこ》がＴＶを見ながら言った。

「白井あやのは、組織を告発する証人だ。そう重い罪にはなるまい」

「半田刑事も助けられたことになってるしね」

と、エリカは言った。

クロロックが、まだ催眠状態だった半田に、

「白井あやのに助けられた」

と信じ込ませたのである。

「——佐知子ちゃんはどうするの？」

「むろん、面倒をみる。大学を出たら、〈クロロック商会〉の社長秘書だ」

「あなた……」

涼子の目が冷ややかにクロロックを見つめていた……。

すべての道は吸血鬼へ続く

道なき道

まさか、こんなことになるなんて……。

恨《うら》めしい思いで、市原《いちはら》あや子はどんよりと曇った灰色の空を見上げた。

しかし、上を見ながら歩くと危ないので、すぐに足下へ目を向ける。何しろ、「道」と呼べるほどの道ではなく、雑草が生い茂り、木の根っこにつまずきそうになるのだ。

「あや子、もう四時よ」

と、後ろの真田《さなだ》ユミが言った。

「だから?」

「だって……今、冬だよ。五時になったら暗くなるんじゃない?」

分かってるわよ、それくらい！

あや子はそう言い返したいのを、何とかこらえて、

「そうね。少し急ごう」

と答えた。

しかし、問題はユミの後からついてくるもう一人で――。

「ねえ！　少し休もうよ！　私、もう一歩も歩けない」

と、ほとんど半べそ状態なのは、加藤《かとう》ひかる。

「ひかる、つい二十分前に休んだばっかりでしょ。もう少し頑張って歩こうよ」

あや子の言葉に、ひかるは、

「じゃ、もういい！　私をここへ置いてってよ！　二人で勝手に行けばいいでしょ」

と、むくれてしまう。

いい加減にしてよ！　――あや子としては平手打ちでもしてやりたいところだが、
そうはできない事情があって……。

ある。

「じゃ、あと五分。五分歩いたら休もう。ね、ひかる」

まるで小さな子のご機嫌を取っているかのようだが、そうでもするしかないのである。

――市原あや子、真田ユミ、加藤ひかるの三人は、同じT女子大の二年生。

初冬の時期、まさか山の中で迷子になるとは、全く思っていなかった。

「五分だよ……」

ひかるはふくれっつらで、それでも渋々歩きだした。

もともと山に登るつもりではなかった。

ユミが大ファンの歌手が、「高原ライブ」をやるというので、あや子、ひかるもお付き合いでやってきた。ところが「高原」のイメージとは大違いで、ちょっとした山の中腹にある広場がライブ会場だった。

曇って寒いので、参加者もせいぜい二、三百人。歌手の方も、

「寒いから早めに切り上げようね」

と、さっさと終わらせてしまった。

「何よ、あれ！」

と、ユミもカンカンになって怒っていた。

その帰り、もっと大勢いればこんなことにならなかったのだろうが、前後に誰もいなくなって、どこでどう間違えたか、こんな道とも呼べない道へ迷い込んでしまった。

どこをどっちへ向かって歩いているのか、見当もつかなかった。それに、マフラーぐらいは持っていたものの、それ以外はごく普通の町中へ出かける格好。

暗くなる前に、どこか家のある所に辿り着かないと、とんでもないことになる……。

あや子は、この三人のグループでは、いつもリーダー格だった。こうしていても、ごく当然のように先頭を歩いているのだ。

「ともかく、歩いていけば、きっと人家があるよ」

と、あや子は他の二人に言い続けた。

しかし——あや子が考えているよりも、日本は広かった！

とうとう辺りが暗くなって、しかも気温が下がり続けている。そして――。

「雪だ」

と、ユミが言った。

勘弁してよ！　――あや子は心の中で叫んだ。

本当に、このままじゃ凍え死んでしまう。

あや子はケータイを取り出したが、電波が入らない。

「もういやだ！」

ついに、ひかるがしゃがみ込んでしまった。

「ひかる！　じっとしてたら死ぬよ」

と、あや子も仕方なく厳しい口調で言った。

「じゃ、助け呼んできてよ。私、ここで待ってる」

――加藤ひかるは、T女子大の学長、加藤広大《ひろお》の娘なのである。小学校からT女子大の付属校で、ずっと「特別扱い」されて育ってきた。

「そんな子供みたいなこと言わないで」

あや子も困ってしまった。

あれこれ言ってみるのだが、ひかるは全く耳を貸さない。

そして、周囲は本当に真っ暗になり、雪は一段と本降りになってきた……。

「――ユミ、あそこ、明るい？」

暗くなったせいか、少し先の木立の合間に光が見えてきた。

「本当だ！　あれ、窓の明かりじゃない？」

「行ってみよう！　すぐ近くだよ」

ひかるも、目指す場所が見えて元気を出し、三人は雪と風に凍えながら、その光の方へひたすら歩いていった。

そして五分か十分か……。

木立が急に途切れて、広い場所に出た。

「――あや子」

ユミが呆然として、

「これって……幻？」

と言った。

確かに、あや子だって何度も目をこすったのである。それでも、その白い洒落た建物は消えてなくなりはしなかった。

「こんな所に……。ともかく、入れてもらおう」

と、あや子がその三階建ての建物へと歩いていった。

そして、もっとびっくりしたのは、正面玄関に〈レストラン&ホテル〉とあったことだ。

こんな所に？

「ホテルだって！　助かった！」

と、ユミが言った。

「私、お腹空いてきちゃった」

と、ひかるも急にはしゃいでいる。

でも——なぜこんな山の中に？

あや子は、何かすっきりしない気分だったが、もちろん「助かった！」という思いは同じだ。

正面の入り口のドアに歩み寄ると、中から開いた。きちんとしたスーツ姿の男性が、

「いらっしゃいませ」

と、ていねいに頭を下げ、

「お泊まりでございますか？」

「道に迷ってしまって……。食事できますか？」

「もちろんです。レストランですから。どうぞお入りください」

ともかく、三人は暖かい場所に入ってホッとしたのだった。

そして、実際、そこは至って高級なレストランで、広いダイニングルームに他の客はいなかったが、ぜいたくに慣れた三人（特にひかるはグルメを自認していた）が満足するフランス料理を味わったのである……。

食後のコーヒーを飲んでいると、

「失礼します」

と、蝶ネクタイの太った男性が立っていて、

「ここの支配人杉崎《すぎさき》でございます」

「あ、どうも……」

と、あや子は言った。

「山の中で道に迷われたとか」

「そうなんです。ここを見つけて、幻かと思いました」

「この味は幻じゃないよ」

と、ひかるが満足げにナプキンで口を拭《ぬぐ》う。

「失礼ですが――」

と、杉崎はひかるの方へ、

「もしかして、T女子大の加藤学長様のお嬢様では？」

「え？　私を知ってるの？」

「私の娘もT女子大でお世話になりまして、一度大学へ伺《うかが》ったとき、お目にかかっております。いや偶然とは面白いものですね！」

と、杉崎は愉《たの》しげに、

「もう外は暗くなっておりますし、雪も大分積もりました。今日はお泊まりくださ い。部屋は充分に空いておりますから」

言われなくても、ひかるはそのつもりだろう。——あや子は、

「ただ、家で心配するといけないので、ここ、ケータイが入らないようですから、こちらの電話をお借りして」

と言った。

「ああ！　それがあいにく、今夜だけ工事があるとかで、電話が通じないのです」

と、杉崎は言った。

「大丈夫だよ。連絡しなくたって」

と、ひかるは、ワインを飲んで少し酔って赤くなりながら、

「ともかく、私、お風呂に入って寝る！」

と、宣言した。

「分かった。——じゃ、泊めていただきます」

と、あや子は言った。

——二階の客室へ案内されて、あや子はまたびっくりした。

一人に一部屋ずつ、それも充分過ぎるほど広いツインルームを使わせてくれるというのである。

何だかでき過ぎた話だという気もしたが……。むろん、文句を言うこともない。

「じゃ、明日の朝ね」

と、廊下で別れ、三人はそれぞれ部屋に入った。

あや子は、疲れと満腹感で、部屋に入ると眠気に捉えられた。

横になったら眠ってしまう。——何とかお風呂を使って、ナイトガウンをはおった、までは意識があったが、ベッドに倒れ込むと同時に眠ってしまったのだった……。

身代金

「ほらほら、虎《とら》ちゃん、アーンして。ちゃんと食べんと、立派な吸血鬼になれんぞ」

およそ妙なセリフだが、間違いではない。

言っているのは、正統な吸血族の血を引くフォン・クロロック。

そのクロロックがスプーンでせっせと食べさせているのは、一人息子の虎ノ介《とらのすけ》である。

母親の涼子《りょうこ》は、のんびり食事している。

娘の——といっても、先妻の子だが——神代《かみしろ》エリカとしては、自分より一つ年下の継母《ままはは》、涼子に、

「自分で虎ちゃんに食べさせたら？」

と言ってやりたいところだが、何しろ年若い奥さんにクロロックは頭が上がらない。

先祖の吸血鬼が見たら嘆くだろうが、クロロックは結構楽しんでいるのである。

すると、チャイムが鳴った。

「誰かしら、夕飯どきに。エリカさん、出て」

涼子は人づかいが荒い。

「はいはい」

と、エリカは立ってインタホンに出てみると、

「エリカさん？　市原《いちはら》です。あや子の母ですが」

と、見たことのある女性が画面に映っている。

「ああ、どうも」

「お願いがあって。すみません！」

その声も表情も切羽詰まっていた。

「分かりました。どうぞ」

　エリカはオートロックの扉を開けた。

「――大学祭のときに知り合ったT女子大の子のお母さん。何かあったみたい」

　と、エリカはダイニングへ声をかけ、

「私がお相手するから」

　と、玄関へ出ていった。

「――どうしたんですか？」

　ドアを開け、一目見てエリカはびっくりした。

　市原信子《のぶこ》は真っ青になって震えていたのだ。そして、

「エリカさん……。あや子を助けてやってください！」

　と言うなり、その場に倒れてしまったのである。

「あんまり変なことに係わり合わないでよ」

　と、涼子はいい顔をしなかったが、ソファにぐったりと横になっている信子を見

ると、

「じゃあ……熱いスープでも作りましょう」

と、台所へ行った。

「口は悪いが、あれで気はいいのだ」

と、クロロックがのろけている。

「――でも、どうしたんだろ？　信子さん、大丈夫ですか？」

エリカが呼びかけると、市原信子はゆっくり目を開けた。

「あ……。私、一体……」

「気を失ったんです。あや子さんがどうしたんですか？　――あ、急がないで、ゆっくり起きてください」

「すみません……。あや子から、エリカさんやお父様のことを聞いていたので、力になっていただけないかと……」

信子は深く息をついて、

「何があったのか分からないんです。ともかく今、身代金の要求が……」

「身代金？　あや子さん、誘拐されたんですか？」

「いえ、うちに要求されても、身代金なんてとても……。誘拐されたのは、加藤《かとう》ひかるさんといって、T女子大の学長の娘さんです」

「ああ、憶えてます。大学祭のことで、あや子さんと会ったとき、確か一緒に」

「ひかるさんを誘拐した、と言って、身代金三億円の要求が……」

「まあ！　うちなら三万円ね。せいぜい」

と、涼子が聞いていて言った。

「信子さん、それであや子さんはどういう……」

信子は充血した目でエリカを見ると、

「それが……ひかるさんを誘拐したのが、あや子だと言われてるんです」

と、震える声で言った。

「あや子さんが？　でも——どうしてそんなことに？」

信子は涙をこらえている様子で、

「あや子は、ひかるさんと、もう一人、真田《さなだ》ユミという子と三人で出かけたんです。

でも行方が分からなくて、三日たっていました。そこへ、加藤家への身代金要求で。——刑事さんが突然私の勤め先へやってきて、『あんたの家は母子家庭で苦しいそうだな』て言うんです。何のことか分からずにいると、『娘はどこにいる。素直に白状しろ！』と怒鳴られて……」

「ひどい話ですね」

「確かに、私は夫と別れて一人であや子を育ててきました。裕福とは言えません。でも、そんなことをする子じゃないんです」

「分かります」

エリカは父の方へ、

「大学祭のことで、一緒に仕事したけど、あや子さんは、本当に真剣にやってくれたし、何かあっても、犯罪に走るような子じゃないよ」

「ありがとう！」

信子は、娘を疑われてよほど悔しかったのだろう、涙をこらえ切れずに顔を覆った。

「分かるわ！」

と、涼子が涙声で、

「子を想う親の気持ち！　あなた！　何とかしてあげなさいよ」

「まあ、落ちつけ」

と、クロロックは言ったが、玄関の方へ目をやると、

「どうやら玄関先に、お客がいるらしいぞ」

エリカが立って行って、玄関のドアをパッと開けると、コートをはおった男がギョッとしたように、

「何だ！」

「こっちこそ。何してたんです？」

「警察だ！　ここに市原信子が潜んでいるだろう」

「潜、い、潜んでなんかいません。居間のソファに座ってますよ」

「娘はどこだ？　ここに隠れてるんじゃないのか？」

刑事はエリカを押しのけて上がり込むと、

「捜索させてもらうぞ！」

「まあ、後を尾《つ》けてきたんですね！」

と、信子が立ち上がる。

「娘と落ち合うつもりだろう。母娘《おやこ》で計画したのか」

「何てことを――」

と、信子が言い返そうとするのを、

「まあ、待ちなさい」

と、クロロックが間に入る。

「何だ、あんたは？」

見るからに苦虫をかみつぶしたような顔つきの刑事は、マントを身につけたクロロックを見て、

「いい年令《とし》をして、コスプレか」

「私はフォン・クロロックと申す者。そちらも客になるのなら名のっていただきたい」

「私は山下《やました》だ。刑事に文句をつけるのか？」

「いやいや。ご苦労さんですな。しかし、法の番人たる刑事さんなら、なおのこと法を守らねば」

「俺の仕事は犯人を捕まえることだ」

「しかしなぜこの市原さんの娘さんが犯人だと？」

「それは――」

と言いかけて、

「いや、捜査上の秘密だ。あんたのような部外者に話すわけにいかん」

「令状もなしで、人の家へ入ってきたのですからな。事情を話していただかんと」

「俺に指図するのか！」

「そう怒鳴ることはない。私の目を見なさい」

「何だ」

「よく見れば、正直者の目だということが分かるだろう。――どうかな？」

クロロックと目を合わせた山下刑事の体がフラッとよろける。催眠術にかかったのだ。

「うむ……。誠に正直者の目だ」

「分かってくれればそれでいい。――市原あや子さんを犯人と決めつけているが、そのわけは？」

「それは――私のベテラン刑事としての直感だな」

「それだけかな？」

「いや、むろん根拠はある。加藤家にかかってきた身代金要求の電話の声が、市原あや子だった……」

「嘘です、そんな！」

と、信子が言った。

「誰がその声を市原あや子さんのものだと言ったのかな？」

「それは……加藤ひかるの母親だ。加藤令子《れいこ》といって、T女子大の理事をしている」

「知っていますわ」

と、信子が肯《うなず》いて、

「理事会を好きなように動かしているというので、評判の悪い人です。あや子の声など知っているわけが……」

「犯人からの電話は録音してあるのかね？」

と、クロロックが訊《き》いた。

「もちろん。その点、抜かりはない」

「聞いてみたいものだ」

と、クロロックは言って、

「一つ分からないのは、加藤家がどうして事件を警察へ通報したか、だ。金がなければともかく、充分金持ちだろう。普通なら、まず娘の安全を第一に考えて、身代金を払って娘を取り戻そうとするだろうに」

「それは、加藤家が市民の義務として……」

「正直に話してくれんとな」

「そう……。確かに、私もちょっとおかしいと思ったんだ」

「何か裏がありそうだ」

と、クロロックは言って、

「これは一つ、加藤家へ出張する必要があるな」

「全くその通り！　ではこれから出かけよう」

山下刑事は元気よく、

「全員、出発！」

と、かけ声をかけた。

刑事の変わりように、市原信子は呆気に取られていた……。

録　音

「一体どういうつもりだ！　こんな妙ちきりんな素人《しろうと》を連れてきて！」

怒っているのは、T女子大の学長、加藤広大《かとうひろお》である。

「本当よ」

と、甲高《かんだか》い声で妻の令子《れいこ》が加わる。

「大事な娘の命がかかっているのよ！　それなのに、素人に口を出させるなんて――」

「いやいや、奥さん」

と、クロロックは穏やかに、

「素人だからこそ、役に立つこともあるのですぞ。刑事さんたちは、法に縛られて自由がきかないが、私どもはそうではない」

「それはそうでしょうけど……」

「実に立派なお屋敷ですな」

と、クロロックは広々とした居間の中を見回して、

「装飾はブルボン王朝風ですな」

「ほう！　よく分かるね」

と、加藤が急にガラッと嬉しそうになって、

「なかなか分かってくれる客はいないのだ」

「大変趣味がいい。――それにオーディオ機器も実に渋くていい！」

「分かるかね！」

と、加藤はニコニコして、

「これだけのアンプやスピーカーを揃えるのには大変な手間がかかったのだ」

「分かります。特にこの真空管アンプは特注ですな？」

「おお！　正に、世界に一つしかない製品でな。クラシックを聞くには、何といっ

ても真空管アンプに限る！」

「あなた！　ひかるが大変な目にあってるっていうのに、何ですか！」

と、令子がヒステリックに叫んだ。

「分かっとる！」

——市原信子《いちはらのぶこ》が令子に向かって、

「あや子は決してそんなことはいたしません！」

と言った。

「そう？　でもね、犯人からの身代金要求の電話を聞けば、あなたにも分かるわ」

加藤家の居間の電話には録音機がセットされていた。

山下《やました》の他にも数人の刑事が居間にいたが、山下が一番古株らしく、クロロックやエリカを連れてきたことに首をかしげていたものの、文句はつけなかった。

「では早速聞いてみよう」

と、クロロックが促すと、

「それでは！」

と、山下が再生ボタンを押した。

「——もしもし、加藤でございます」

と、令子が電話を取る。

「よく聞いて。お宅の娘は預かったわ」

「何ですって?」

「娘の命を助けたかったら、身代金三億円を用意して」

「待って!　ひかるは大丈夫なの?」

「ちゃんと生きてるわよ。でも、明日の夜中十二時に、S公園まで三億円を持ってこないと、きっと殺すからね」

「やめて!　お金は作ります!　ですから、ひかるを殺さないで!」

「三億円よ。いいわね」

「待って!　あの子の声を聞かせて!」

電話は切れた。

「——どう?」

と、令子は信子を見て、

「どこかで聞いた声だと思って、必死で考えたわ。そして思い当たったの。ひかると出かけたあなたの娘の声だってね」

エリカは信子の方へ、

「どうですか？」

と訊いた。

信子の顔は真っ青になっている。

「ああ……。何てことでしょう！　今の声は……確かにあや子です……」

「だから言ったでしょ」

と、令子は冷ややかに、

「いい子に育ったもんだわね、全く」

「申し訳ありません！」

と、信子は床に手をついて、

「この償いは必ずさせます！」

と、泣いた。

「泣くのはやめて。カーペットがしみになるでしょ。高いのよ、これ」

と、令子は言った。

「金は用意した」

と、加藤は肯いて、

「今夜の十二時だ。私がS公園に持っていこう」

「刑事を張り込ませて、犯人を捕まえてやります！」

と、山下が言った。

「いや、それはやめてくれ。娘に万一のことがあったら取り返しがつかない」

「しかし——」

「三億円ぐらい、娘の命に比べればはした金だ。娘が無事戻ったら、必ず逮捕してください」

「分かりました。そちらのご意向に従いましょう」

と、山下が言って、クロロックの方へ、

「何かご意見は？」

「今の録音をもう一度聞かせてくれんか」

「それはいいが……」

「ぜひ頼む」

　と、クロロックは言って、

「この録音を、お宅のオーディオで聞かせてもらえるかな？　できるだけヴォリュームを上げて」

「もちろんだ」

「では頼みます」

「どうするんです？」

　と、山下がふしぎそうに訊く。

「電話のバックに何か聞こえていたのでな」

「バックに？　ていねいに聞いたが、何も聞こえなかったぞ」

「ともかく今一度、聞かせてほしい」

クロロックの聴覚は、人間とは桁違いに高い能力を持っている。

「では、かけるぞ」

加藤が再生ボタンを押すと、スピーカーがブーンと音をたて、さっきの対話が凄い音量で鳴り渡った。

クロロックはスピーカーのそばに行って、耳を寄せた。

エリカも耳を澄ましたが、さすがに聞こえてこない。

「――なるほど」

終わると、クロロックは立ち上がって、

「では、三億円を届けて、まず娘さんを取り戻すことですな」

と言った。

「――何か聞こえたの？」

と、エリカがそっと訊くと、

「もちろんだ。お前は聞こえなかったのか？」

と、クロロックはふしぎそうに言った……。

公　園

「いいのかな……」

と、山下《やました》刑事は心配そうだ。

「何がだ？」

と、クロロックが訊く。

「我々は手を出さないと約束したのに……」

――S公園の入り口が見える所に停《と》めた車から、クロロックたちは見張っていた。

「もうじき十二時だよ」

と、エリカは言った。

「そろそろ来るだろうな。――刑事さん、心配はいらん。加藤《かとう》さんも、ちゃんと分かっとるさ」

「というと？」

「刑事がいないはずはない、ということだ。一応ああは言ったが……。手を出さねばいいのだからな」

「それはそうだが……」

「車だ」

と、エリカは言った。

大型のベンツが公園の入り口正面に停まった。

加藤が降りてくる。スーツケースを持っている。

「三億円か……」

と、山下がため息をついて、

「一日で用意できるとは、大したもんだ」

「では行こう」

と、クロロックが言った。

「しかし――」

「あんたはここにいなさい。私とエリカは刑事ではない」

「はあ……」

クロロックとエリカは車を出ると、公園の柵を軽々と乗り越えて中に入った。

「どうなるの？」

と、エリカは茂みの中を抜けながら言った。

「妙な誘拐だ」

「どういうこと？」

「二、三日帰ってこないといって、娘が誘拐されたと通報して、犯人の最初の電話から録音している。普通は電話があって初めて誘拐と知るだろう。――不自然だ」

「それはそうだね」

「まあ、見ておれ」

クロロックとエリカはS公園の中央の池が見える所に身を潜めた。

加藤がスーツケースを手に池の前にやってきて、周囲を見回した。

「十二時だ」

と、エリカは言った。

公園の小径《こみち》を人影が通っていった。

「あの子だ。——市原《いちはら》あや子だよ」

あや子は、加藤の前に立つと、

「お金、持ってきてくれましたか」

「これだ」

と、加藤がスーツケースを置く。

「ひかるを返してもらおう」

「ええ。でも、ここにはいません」

「ではどこだ?」

「お宅へ帰します。これはもらっていきますから」

あや子はスーツケースを取り上げた。

そのとき、

「待て！」

何と山下が現れたのだ。

「警察へ知らせましたね！」

と、あや子が叫ぶように言って駆け出した。

「止まれ！」

山下が追う。

あや子は公園の木立ちの間を駆け抜けていった。

公園の裏口を出たところで、他の刑事たちがワッと飛び出してきた。

「やめて！」

と、あや子が叫んだ。

「お金が――」

たちまち、あや子は刑事たちに取り押えられた。スーツケースが転がる。

「――刑事さん！」

加藤が山下を捕まえて、

「約束が違う！」

「犯人は捕まえました。娘さんの居所は吐かせますよ」

と、山下は息を弾ませて、

「誘拐は重罪だぞ！」

と、あや子のえり首をつかんだ。

あや子は固く唇を結んで、何も言わない。

「山下さん、スーツケースです」

「よこせ。――加藤さん、お返ししますよ」

「はあ……」

加藤はスーツケースを受け取ったが、

「これは……。刑事さん、これは私が持ってきたのとは違います！」

「何ですって？」

「よく似ているが、違う。開けてみましょう」

加藤はスーツケースを地面に置くと、開けてみた。――中には古雑誌がいっぱい詰まっていた。

「何てことだ！」

　山下は真っ赤になって、

「おい！　公園の中を捜せ！　周囲を調べろ！」

　刑事たちが走っていく。

「——おい！　スーツケースを誰に渡した！」

　と、山下があや子に怒鳴った。

　あや子は口を閉じたままだ。そこへ、

「あや子！」

　と、信子が駆けてきた。

「お母さん！」

「あんたは……何てことを！」

　信子があや子にすがりつくようにして泣いた。

「お母さん……」

「あや子。——死んでお詫びして。母さんも一緒に死ぬから」

信子が懐から小さな包丁を取り出して、あや子の胸に——。

「アッ!」

その信子の手から包丁がはじき飛ばされた。

「早まったことをしてはいかん」

クロロックがやってきた。「力」を送って包丁をはじき飛ばしたのだ。

「でも……」

「刑事さん」

と、クロロックは言った。

「あそこのバンは、さっきいなかったぞ。中を調べてみてはどうかな」

山下がそのライトバンへ駆けていってドアを開けると、

「——加藤さん! 娘さんが!」

と叫んだ。

「いや、良かった」

加藤は、薬で眠らされているひかるを抱き上げて言った。

「救急車が今来ます」

と、山下が言って、

「後は犯人を捕まえて、三億円を取り戻します！」

「よろしく頼みます」

「無理だろうな」

と、クロロックが言った。

「クロロックさん」

「もともと存在しないものを取り戻すのは無理だろう」

「というと？」

「そのスーツケースは、すりかえられてなどおらん。私とエリカがしっかり見ていた」

「何を馬鹿な！」

と、加藤が言った。

「そうかな？　三億円を入れるスーツケースを、犯人は指定していない。それなのにどうしてそっくりなものを用意できる？」

加藤は詰まった。クロロックは続けて、

「あんたは学校の金を使い込んでいたのだろう。明るみに出るのを恐れて、この誘拐事件をでっち上げ、三億円の穴の説明をつけようとしたのだ」

「本当ですか？」

と、あや子が言った。

「こうなったらわけを話してごらん」

「はい……」

あや子は道に迷って山の中のホテルに泊まったことを話し、

「朝起きると、支配人と言っていた杉崎《すぎさき》という男が、『友だちの命は預かった』と言って……。ひかるの家に身代金要求の電話をかけさせたんです。拒めば、真田《さなだ》ユミを殺すと言われて……」

「その子も加藤の仲間だ。道に迷って偶然そこへ行き着くのはおかしいだろう。真田ユミが、それとなく道を迷わせたのだ」

「ユミが……」

「刑事さん、そんなのはでたらめだ！」

と、加藤が山下へ訴えた。

「諦めなさい。――刑事さん、そのスーツケースに詰まった雑誌の指紋を採《と》ってみろ。この男と女房の指紋が採れるさ」

加藤が青ざめて、よろけると、地面に座り込んでしまった。

「――白状したも同じだな」

山下があや子の手錠を外した。

「あや子！」

信子が娘を抱きしめた。

「お母さん……」

「殺さなくて良かったわ」

「そうだよ！」

泣き笑いの顔になって、あや子は母を抱いた。

「――お父さん」

と、エリカが言った。

「あの録音で何が聞こえたの？」

「ひそひそ話がな。『なかなかうまいじゃないの、ママも』と言っていた。二人のやりとりを、娘も聞いていたのだな」

クロロックは欠伸《あくび》をして、

「さて、帰って寝るか。三億円、拾ったら一割もらえたのにな」

「お父さん！」

と、エリカはクロロックをにらんでやった……。

吸血鬼は炎を超えて

一筋の煙

その一枚の紙は、コーラの広告の入った灰皿の中で、ほとんど燃え尽きようとしていた。

黒い燃えかすと化した紙からは、もうわずかに白い煙が頼りなくユラユラと立ち昇っているだけで、それもせいぜいあと数秒で消えようとしていた。

「これでいいんだ……」

と、彼は呟いた。

「燃えちまったら、何も分からなくなる」

だが、そのとき、急にドアが開いて、誰かが資料室に入ってきた。

彼はあわてて灰皿をテーブルの隅へ押しやった。そこに、彼自身がはなをかんで丸めたティッシュペーパーがあった。

ティッシュペーパーは、彼が急に動いたせいで、わずかな風に乗って、灰皿の上に落ちた。――しばし、何ごとも起きないように思えた。

しかし、灰に残ったわずかな熱が、ティッシュペーパーを燃え上がらせたのである。そして、

「やあ、どうしたんだ?」

と、声をかけながら灰皿を隠そうとして振り向いた拍子に、ティッシュペーパーはテーブルからフワリと落ちていき、壁の隅に置かれた屑入れの中に吸い込まれるように消えた。

屑入れの中は、ほとんどが不要になったコピーやメモ、伝票など、紙ばかりだった。

「もう行こう」

と、彼は後から入ってきた女性を促して、

「パーティに遅れる」

と言うと、そのまま資料室から出ていった。

——人気《ひとけ》のなくなった資料室の中では、しばらく変化はなかった。

たっぷり三分以上たって、屑入れからゆっくりと白い煙が上り、やがてチラチラと火が見え始めた。

紙ばかりである。燃え始めると、一気に炎が高く伸び上がった。

その炎は、カーテンの端に届こうとしている。

炎は焦らなかった。じっくりと、時間をかけて成長していった……。


「おお……」

車を降りると、フォン・クロロックはちょっと足を止めて、

「こいつは相当かかっとるな」

と言った。

「本当だ」

車から続いて降りてきたのは、クロロックの娘、神代《かみしろ》エリカ。真っ直ぐにビルの

正面入り口へと伸びるレッドカーペットを、

「じゃ、行こうか」

と、父を促して歩きだしたが……。

「待ってよ、エリカ！」

車から、あと二人降りてきた。

「ごめん、みどりたちのこと、忘れてた」

「ひどいよ！　私たちだけじゃパーティに入れない」

エリカの大学の友人、橋口《はしぐち》みどりと大月千代子《おおつきちよこ》。

エリカはピンクのドレスを着ているが、みどりと千代子は、やや地味にスーツ姿。

正式に招待されているのは、フォン・クロロックと「夫人」の二人。クロロックの妻、涼子《りょうこ》はあいにく虎ノ介《とらのすけ》が風邪気味なので、

「私は留守番してるから、エリカさんと行ってらっしゃい」

と、珍しいことを言いだした。

エリカは、正統な吸血一族のクロロックと日本人の母との間に生まれたハーフ。

母が亡くなり、クロロックは、エリカより一歳年下の若い涼子と再婚した。

そして生まれたのが虎ノ介。

何しろ若い奥さんと可愛い我が子に弱いクロロック、

「何か、いいお土産を持って帰るぞ」

と、いい加減な約束をして出てきた。

そして、二人の学友も「同伴者」として、くっついてきて、

「パーティで夕飯済まそう」

と、いささか貧乏くさいことを考えていた。

「――モダンなビルだね」

と、広々としたロビーに入ると、エリカはまぶしいばかりにシャンデリアの輝く高い天井を見上げた。

「うむ……。〈クロロック商会〉より、少しは立派だ」

「当たり前でしょ。会社の規模が違う」

――〈クロロック商会〉は、フォン・クロロックが社長をつとめる会社だが、完

全な雇われ社長。

「いらっしゃいませ」

ロビーでは、スラリと長身のモデルのような女性コンパニオンが出迎えてくれる。

「奥の直行エレベーターで、最上階にどうぞ。エレベーターを降りられますと受付がございます」

〈Mエンタープライズ株式会社　新社屋完成披露〉というパネルが客を出迎える。

「クロロック様」

と、ロビーにいたスーツ姿の女性がやってきて、

「加東《かとう》の秘書、安田玉美《やすだたまみ》でございます。おいでいただきまして……」

「いや、お招きいただいて恐縮。社長さんは……」

「上の階でお待ちしております」

と、安田玉美は微笑んで、

「お連れ様のことは承知しておりますのでご心配なく」

「すみません」

エリカは少々恥ずかしかった。

「いいえ」

と、安田玉美は首を振って、

「こういうパーティのお客様は、ほとんどお酒を飲まれるだけで、料理は召し上がらないんです。もったいないですから、少しでも若い方に召し上がっていただきたいんです」

「任せてください！」

と、橋口みどりが勇気づけられた様子で胸を張った……。

安田玉美は三十代の半ばくらいだろう。ほとんど化粧っ気はないが、地味な印象ながら整った顔立ちだった。

「どうぞこちらへ」

と、先に立って、直行エレベーターへ案内してくれる。

「最上階、二十八階まで停まらずに参ります」

と、上りのボタンを押す。

クロロックがちょっと眉をひそめた。

「お父さん――」

「いや、何でもない」

エレベーターが下りてきて、クロロックたちが乗ると、安田玉美が〈28〉のボタンを押してから、

「後《のち》ほどお目にかかります」

と、自分はエレベーターを出て一礼した。

扉が閉まり、エレベーターはかなりのスピードで上っていく。

「いかにも、仕事のできる人、って感じだね」

と、千代子が言った。

「お父さん、どうかしたの？」

と、エリカが訊《き》くと、

「うむ……。ちょっと妙な匂いがしてな」

と、クロロックは言った。

「どんな匂い?」

「いや、新しいビルだから、建材や塗料の匂いがしている。そのせいだろう」

「でも――」

「何かこげくさい匂いがした。それと、血の匂いとな」

と、クロロックは言った。

エレベーターが最上階に着くと、扉が開き、すぐ目の前にスーツ姿の女性社員がズラリと並んでいた。

「いらっしゃいませ、クロロック様」

下から、安田玉美が連絡を入れていたのだろう、とエリカは思った。

受付といっても、襟もとに花をつけてくれるだけ。

「――クロロックさん!　よく来てくださった」

大股にやってきたのは、三つ揃いのスーツに身を包んだ、エネルギッシュな感じの男性。

「お招きにあずかって」

と、クロロックは握手して、

「娘のエリカと、その学友です」

「これはようこそ。〈Mエンタープライズ〉の加東です」

経済誌や、新聞の情報欄でよく見かける顔だった。

加東広己《ひろみ》。五十歳。しかし、そのきびきびした動きは青年のようだった。

「さあ、どうぞパーティ会場へ。寛《くつろ》いでください」

と、加東は言った。

広々とした会場に丸テーブルが置かれ、料理は中央にまとめて並んでいる。

みどりの目が輝いた。

「——みどり、まだ食べられないのよ」

と、千代子がつつく。

「分かってるわよ！　でも——下見してくるわ！」

と、みどりは料理のテーブルへと真っ直ぐに進んでいった……。

「負けるね」

と、エリカが苦笑する。

少し高くなった所に、生のバンドが入って演奏している。

「どうぞ、どのテーブルでも結構ですから」

と、コンパニオンの女性が案内する。

「――豪華ね」

と、椅子にかけてエリカが言うと、

「後で、〈フォーＳＰ〉が歌います」

と、コンパニオンが言った。

「あの四人組？　へえ」

〈フォーＳＰ〉は、二十歳前後の女の子四人のグループ。ＳＰは「スペシャル」の意味らしいが、歌が上手く、「大人の聞くアイドルグループ」と言われている。

「さぞ高かっただろうね」

と、千代子が言った。

「あの四人組の一人って、うちの大学生だよね」

と、エリカが思い出して、

「ほとんど大学に来てないらしいけど」

「そうそう。――ええと、杏《あん》だったね、名前」

「今どきの女の子の名前は、どこの国の人間か、さっぱり分からん」

と、クロロックがこぼした。

「確か……田中《たなか》杏っていうんだよ、名前」

と、千代子が言った。

仲間

「どうしたのよ、杏《あん》は！」

苛々とテーブルを叩《たた》きながら言ったのは、〈フォーSP〉のメンバーの一人、リツ。

「知らないよ」

と、肩をすくめて、のんびりと、

「いつものことじゃない」

名前の通り、「のどか」なメンバー。

「それにしても……。遅すぎるよ」

と、愛《あい》がソワソワと、

「ね、誰か呼びに行ったら？」

「だって、今、太田《おおた》さんが行ってるんだから」

太田は、〈フォーSP〉のマネージャーである。

「だけど、杏がどこにいるか、太田さん、分かってるの？」

と、のどかが言った。

からかうような、その言い方に、他の二人は顔を見合わせた。

「ね、のどか。——何か知ってるの？」

と、リツが訊いた。

「少しはね……」

のどかはヘアスタイルを気にして、鏡を覗くと、

「歌ってる間に解けてこないかな……」

「のどか！　何か知ってたら教えてよ」

「杏はね——男の所」

「男？　そんなこと分かってるわよ。問題は何て男かってことでしょ」

「知らないの、本当に?」

と、のどかはわざと目を丸くしてみせ、

「おめでたいね、本当に」

「ちょっと、のどか!」

と、愛がムッとした様子で、

「それって、どういう意味?」

「杏はもう二十歳になってるのよ」

と、のどかは言った。

「もう子供じゃない。たとえ手を出しても、『大人同士の付き合い』で済む」

「手を……」

リツが唖然として、

「まさか……。社長さんが?」

のどかはちょっと笑って、

「もう一年も前からよ。知らなかった?」

「でも……。社長さんなら、仕事に遅れるなんてこと、許さないでしょ」

「どうかしら」

と、愛が言った。

「社長さん、もう六十でしょ？　二十歳の杏が可愛くて仕方ないだろうし……」

〈フォーＳＰ〉の三人は、〈Ｍエンタープライズ〉のパーティで歌うために、最上階の一つ下のフロアに集まっていた。

「社長さんと杏か……」

リツがため息をついて、

「ソロデビューは夢と消えた」

「リツ、あんたソロになるつもりだったの？」

と、愛が目をつり上げる。

「四人いればこそのハーモニーなのよ」

「分かってるわよ。でも――あんたたちだって考えないことないでしょ」

愛とのどかは顔を見合わせたが、否定はしなかった。

「それじゃ、杏はソロデビュー?」

と、のどかが言った。

「甘えてねだったら、きっとウンって言うでしょ、社長さん」

と、リッは肩をすくめた。


「ねえ、お願い」

と、杏は高崎《たかさき》の肩に頬をすり寄せて言った。

「何だ」

「いやね、聞いてなかったの?」

「分かってるよ」

〈フォーSP〉の所属する〈T芸能〉の社長、高崎文夫《ふみお》は、ネクタイをしめながら、

「ソロデビューだろ」

「そう! ね、私、声域広いから、一人だって大丈夫よ」

「考えとく。さ、仕事に遅れるぞ」

「大丈夫よ」

　杏はもう支度を終わっていた。

「エレベーターで上に行くだけじゃない」

「他の三人に気づかれるなよ」

「いやだ。とっくに知ってるよ」

「本当か？」

「女の子は敏感よ。隠しておけないわ」

「まあ――仕事はきちんとやれよ」

「もちろん」

　高崎は六十歳になったところ。今、稼ぎ頭の〈フォーSP〉の中がもめては困ることになる。

　四人の中で一番年上の杏は、実際大人びた魅力があった。二十歳になって、酒を飲んだ夜……。

「おい、杏。先に上に行け」

と、高崎は言った。

「もう三人が苛々してるぞ」

「はい。——太田さんには何て言う?」

「黙ってろ。あいつはぼんやりしてる」

「じゃ、行くわ」

二人がいるのは、〈Mエンタープライズ〉のビルの五階。——社長室の隣にあるベッドルームを拝借したのである。

むろん、社長の加東《かとう》も承知の上だ。

杏は廊下へ出ると、〈エレベーター〉の矢印へと歩いていった。

一旦ロビーに降りて、直行エレベーターに乗るのが早いだろう。

下りるエレベーターが来て、杏は乗ろうとして眉を寄せると、

「いやだ。タバコの匂い? 禁煙じゃないのかしら、このビル」

と、呟いて、エレベーターに乗った。

——一方、ベッドルームに残った高崎は、ベッドに腰かけて、ケータイで加東へ

かけた。

「——ああ、高崎ですがね」

「どうも」

「お借りした部屋、今空けますので」

「ゆっくりとおやすみになれましたか」

むろん、加東も高崎が「彼女」といたことは承知の上である。

「充分にね」

「それは結構。そろそろパーティの始まる時刻です」

「ええ、今そちらへ」

高崎はケータイをポケットへ入れると、上着を着て、鏡の前に立ってみてから、部屋を出ようと……。

「ワッ！」

ドアの把手《とって》をつかんで、その熱さに声を上げた。手を引っ込めたが、ドアが開いてそこは——火の海になっていた。

「何だ……。どうなってる？」

高崎は後ずさりした。——火事？　火事だ！

熱と煙が入ってきて、高崎は咳き込んだ。

白い煙が目にしみた。——ケータイを取り出そうとして、その煙を吸い込むと、めまいがして、高崎は膝をついた。

その拍子にケータイを取り落としてしまう。

「誰か……。助けてくれ！」

声を出して、さらに煙を吸い込むと、カーペットの上に倒れてしまった。

どういうことだ？　ここは新築のビルの中だぞ！

炎が、部屋の中へ一気に押し寄せてきた。

高崎は天井が一瞬のうちに炎に包まれるのを見た。

次の瞬間には、炎が高崎を呑み込んでしまった……。

ポン、ポン！

方々《ほうぼう》でシャンパンの栓を抜く音がして、パーティが始まった。

「おめでとう！」

乾杯のスピーチをしたのは、保守党の政治家。――加東を誉めながら、ちゃっかり次の選挙のためのＰＲを忘れなかった。

「さ、食べよう！」

みどりが張り切って料理のテーブルへと向かう。

「私たちも食べるわね」

と、エリカが千代子《ちよこ》を促す。

クロロックは一応社長として、集まった客と話したりしている。

実際、たいていの客はウィスキーやワインを飲んでいるばかりで、料理はほとんど、エリカたちの「独占状態」。

「アッという間に満腹ね」

と、エリカは呟いて、一旦お皿に取った料理を、自分たちのテーブルに持っていった。

そして飲み物を取ろうとして――。

「おかしいですね」

と、安田玉美《やすだたまみ》が言うのが耳に入った。

エリカも吸血族の血を引いているので、父ほどではないが、耳も鋭い。

「迷子になってるのかもしれん」

と言ったのは加東である。

「探してきます」

何となく気になって、エリカは安田玉美の後について、エレベーターホールへ出た。

直行でないエレベーターは、このホールに三基並んでいる。

「――おかしいわ」

と、玉美は首をかしげた。

「どうしたんですか?」

と、エリカが声をかけると、

「あ、お嬢さん。いえ、お客様が一人、みえてなくて……。エレベーターが来ないんです」

「停まってるんですか」

「そんなはずは……」

玉美がボタンに何度も触れると、扉がスッと開いた。

「ああ、やっと──」

足を踏み出したが──そこには何もなかった。

「キャッ！」

そのまま落ちそうになった玉美を、エリカは素早くスーツをつかんで引っ張り上げた。

玉美は床へ倒れ込んで、

「まあ！　私……落ちるところだった！」

「大丈夫ですか？」

「ありがとう！　あなたが引っ張ってくださらなかったら……」

「でも、エレベーター、おかしいですよ」

「ええ……。こんなことって……」

やっと立ち上がると、玉美は開いた扉からこわごわ覗き込んだ。

ワイヤーが暗いたて穴へと伸びているが、上ってくる気配はない。

「どういうことかしら」

玉美は、その場にしゃがみ込んでしまった。

「すみません……。膝が震えて……」

「当然ですよ」

と、エリカは言った。

「この扉、開いたままじゃ、危ないですね」

と、玉美は何とか事務的な言い方をしようと努力しているようだった。

「待ってください」

エリカは、その深い穴を覗き込んでいたが、

「——熱が」

「え?」

「下から熱と煙が立ちのぼっています」

「それって……」

「きっと、下で火事になってるんでしょう」

と、エリカは言った。

「早くパーティのお客を避難させないと」

「火事……。ああ、どうしよう!」

玉美の声が震えた。

「ともかく、消防署へ通報しましょう」

エリカはケータイを取り出して、

「あなたが説明してください」

と、玉美へ渡す。

「はい。――はい」

玉美は肯《うなず》いて、一一九番へかけると、ビルの場所を説明した。

「——隣のビルから、ここの五、六階辺りで煙が出てると通報があったそうです」

「でも、火災報知機やスプリンクラーは？」

「それは……まだ工事が終わっていないんです」

「でも——」

「社長が、途中で気に入らない所が出てきて、やり直させたので、工事が遅れたんです。でも、このパーティはもう決まっていて……。火災時の自動通報もまだソフトが間に合わなくて……」

「大変だ」

エレベーターシャフトから、はっきり白い煙が見えた。

「有毒ガスかもしれません。吸い込まないで。ともかく会場へ！」

エリカは玉美の手を取って立たせた。

争い

「皆さん！」

加東広己《かとうひろみ》がマイクの前に立って呼びかけた。

「皆さんにご報告することがあります。——こっちへ上がれ」

手招きされて、マイクの方へやってきたのは、スーツ姿の青年だった。

「ご存じの方もおありでしょう。息子の克也《かつや》です」

拍手が起こる。——まだ二十四、五に見えるその青年は、父親とは似ていなかった。

力強く、強引な印象の加東広己とは違って、どこかおとなしそうで、気弱に見える。

「将来、〈Mエンタープライズ〉を継ぐことになります」

と、加東広己は息子の肩を抱いて、

「まだまだ頼りない奴ですが、どうかよろしく」

再び拍手が起こる。——しかし、克也は小さく会釈《えしやく》しただけで、さっさとマイクの前から下りてしまった。

「今日のゲスト、〈フォーSP〉の歌をどうぞ」

加東の言葉に、さらに大きな拍手が湧いた。

四人がマイクを手に登場すると、誰もが聞いたことのあるヒット曲を歌いだした。

「——あの右から二人めが田中杏《たなかあん》」

と、千代子《ちよこ》が言った。

しかし、みどりは食べる方に忙しくて、歌どころではなかった。

「おい、高崎《たかさき》さんは？」

加東は戻ってきた安田玉美《やすだたまみ》へ訊いた。

「それより社長、お話が」

「後にしてくれ。克也の奴を紹介して回らないと」

「それどころでは……」

玉美が加東を傍へ連れていく。

一方、エリカは人の間を通って、クロロックの方へ。

「どうした？　少しは食べた方がいい」

と、クロロックが言うと、

「それどころじゃないの」

と、エリカはクロロックの手をつかんで、

「一緒に来て」

クロロックを、扉が開いたままのエレベーターの所へ連れていく。

「——こいつは危ないな」

と、クロロックはシャフトの穴を覗き込んで、

「下はもう焼けているだろう」

「どうする？」

「エレベーターは使わず、避難だな」

「すぐアナウンスしないと」

「うむ。待て」

クロロックは眉をひそめた。

「どうしたの？」

「分からんか」

エリカも初めて気づいた。

「血の匂いだ」

「こっちだ」

クロロックは〈非常口〉とあるドアを、力を入れて開けた。

「ロックされとったぞ。これでは〈非常口〉の用をなさん」

二人が薄暗い階段を覗くと、ＯＬの制服の女性が、階段の途中で倒れていた。

「——首の骨が折れてるな」

と、クロロックは調べて、

「血を吐いている。この匂いだったのだな」

「殺されたの？」

「おそらくな。しかし、今は火事の方が先だ」

　クロロックはエリカを促して、パーティ会場へ戻った。

「エリカさん！」

　と、安田玉美が走ってきて、

「社長に話してください。火事だと言っても信じてくださらないので」

「愚かな！　一刻を争うぞ」

　クロロックは首を振って、

「どこにおる？」

「あの……あれです」

　会場に、何とも調子外れな歌声が響いていた。

　加東広己が、〈フォーＳＰ〉の中に入って、マイクを手に歌っているのだった。

　しかし、それはとても「歌」と呼べる代物ではなかった。

すると、そこへ、

「大変……だ！」

よろけつつ会場へ入ってきたのはスーツがあちこち焼けこげて真っ黒になった男で、

「まあ、太田《おおた》さん？」

と、玉美がびっくりして、

「〈フォーSP〉のマネージャーさんです」

「火事が……下で……」

と、太田という男は床に座り込んで、

「社長は……死んだと思います」

と、咳き込みながら言った。

「高崎さんが？」

「ぐずぐずしてはおられん」

クロロックがマントを翻《ひるがえ》し、大股にステージに上がると、

「音楽を止めろ！」

と、鋭い声で言った。

「クロロックさん、人が歌っているときに――」

「加東さん、急いで脱出せねば、ここにいる全員焼け死ぬぞ」

「何の話です？」

クロロックはポカンとしているパーティの客たちに向かって、

「落ちついて聞いてもらいたい」

と、よく通る声で穏やかに言った。

「このビルの下の方のフロアで火災が発生した。このフロアから速《すみ》やかに非常階段を使って避難するように。あわててはいかん。整然と速やかに――」

誰かが、

「逃げろ！」

と叫んで、出口へと駆け出した。

それに続いて、人々がワッと出口へと殺到した。

「エレベーターは使うな！」

と、クロロックが怒鳴ったが、誰も聞いていなかった。

直行エレベーターはたちまち一杯になり、扉が閉まった。

「お父さん……」

「全く人間という奴は！」

と、クロロックが首を振って、

「エレベーターホールへ行かんように、ここの社員が並んで止めろ！」

「分かりました！」

と、玉美が言った。

「社員はこっちへ来て！　エレベーターは使えないの！　お客様を止めて！」

エリカは、みどりと千代子がまだ料理の皿を手にポカンとしているのを見つけた。

「火事って本当？」

と、みどりが訊く。

「そうよ。早く〈非常口〉から」

と、エリカは言った。

「死体が一つあるけど、気にしないで下りて」

「死体？　――エリカは？」

「まだやることがありそうだわ」

と、パニックになっている客たちを見て、エリカはため息をついた。

そのとき、

「ここから出るな！」

と、凄い声が響き渡った。

加東がマイクをつかんで怒鳴ったのだ。

「今日は我が社の大切なパーティだぞ！　ここから逃げ出した社とは、今後一切取引せん！」

客たちが動揺している。

「しょうがないな」

と、クロロックは首を振って、

「あんたには、そこにいる焼けこげた服の男が見えんのか？」

と、加東に言った。

「あ！　太田さん！」

と、〈フォーSP〉のメンバーがびっくりして、

「どうしたの？」

「下は火事で……社長は焼け死んだと思う」

「ウソ……」

「炎に包まれて……。僕は何とか逃げてきたけど……」

「ひどい！」

と、杏《あん》が言って泣きだした。

「分かったかね、加東さん」

「たとえ下が火事でも、ここは安全だ！」

「社長」

と、玉美がたまりかねて、

「工事が遅れて、消火設備ができていないんですよ。ご存じでしょ！」

「やむをえん」

クロロックは拳を固めて加東をノックアウトした。

客たちが唖然としている。

「加東さんを、社員たちに運ばせなさい」

と、玉美へ言ってから、クロロックはマイクを手に、

「みんな！」

と、張りのある声で言った。

「助かりたい者は、私の目を見ろ！　じっと一心に、雑念を捨てて、私の目に集中するのだ」

エリカも、さすがに不安だった。こんな大勢に催眠術をかけられるのか？

クロロックも必死の様子だった。汗が光り、滴《したた》り落ちる。

「エリカ――」

「あんたたちはいいの！　お父さんの言うことを聞くでしょ」

「分かった」

みどりと千代子が肯く。

「――よし。ではこれから山を下りる」

と、クロロックは息をついて、

「今日の遠足は楽しかった。みんな楽しかったか？」

客たちが全員一斉に手を上げて、

「ハーイ！」

と返事をした！

「では、安田玉美先生について、みんな一列で下りるぞ。安田先生、〈下山口〉から、みんなを引率してくだされ」

「かしこまりました！」

玉美もすっかりその気になって、

「じゃ、みんな、迷子にならないようについてくるのよ！」

「エリカ。〈非常口〉へ誘導しろ」

「分かった！」

エリカは駆け出して、玉美を〈非常口〉の方へ連れていった。

「いやだ！」

と、声がした。

「ここを下りるのはいやだ！」

加東の息子、克也だった。

「どうして？」

と、エリカは言った。

「自分が殺した女の死体があるからだな」

と、クロロックが言った。

克也はその場にしゃがみ込んで、

「僕のせいで……火事になった、と言ったんだ。僕は、伝票を燃やしただけなのに……。父さんに言いつけてやる、と言ったんだ……」

と言うと頭を抱えて泣きだしてしまった。

「みどり、千代子！　この人を連れて下りて」

「了解」

と、千代子が肯くと、みどりが、

「言うこと聞かなかったら、ぶん殴ってもいい？」

他の客たちは玉美に先導されて、死体にも気づかず、一列になって非常階段を下りていった。

「あんたたちも下りなさい」

と、クロロックは、呆気に取られている〈フォーSP〉の四人に言った。

四人はクロロックの後ろに立っていたから、催眠術にかかっていなかったのだ。

「――どういうことなの？」

と、リツが言った。

「人間、何でも信じればそう見えるものだ」

と、クロロックが言った。

「でも——」

「社長さんは亡くなったかもしれんが、これからは自分の実力でやっていくのだ」

「実力……」

杏は涙を拭《ぬぐ》って、

「ごめんね、みんな」

と、他の三人へ言った。

「私、ソロデビューしたくって……」

「みんな同じだよ。杏、行こう！」

と、愛《あい》が杏の肩を抱く。

四人が下りていくと、

「我々も行こう」

と、クロロックが促す。

「とんでもないお祝いになったわね」

「うむ。涼子《りょうこ》と虎《とら》ちゃんがいなくて良かった！」

「それって、私は死んでもいいってこと？」

と、エリカは嫌味を言ってやった……。


「危なかったわねえ」

と、涼子がＴＶのニュースを見ながら言った。

「でも、あなたが無事で良かったわ」

と、クロロックにキスする。

「私はどうでもいいのよね」

と、エリカが言ってやると、

「あら、そんなことないわ。エリカさんがいないと、私たちが夫婦で出かけるときに虎ちゃんの面倒を見てくれる人がいないじゃないの」

私はベビーシッターか！

エリカがむくれていると、玄関のチャイムが鳴った。

やってきたのは、加東と安田玉美だった。

「——いや、面目ない」

と、加東は頭を下げ、

「ビルが焼けて、大損害です。また一からやり直しますよ。息子のことも……」

克也は女性社員を突き落としたことを認めた。加東もすっかり謙虚になったようだ。

「しかし、犠牲者が高崎社長一人で良かったですぞ。それこそ奇跡だ」

直行エレベーターで下りた人々は、途中でエレベーターが停まり、何時間も生きた心地がしなかったようだが、ともかく無事救出された。

「でも、私、さっぱり分からないのです」

と、玉美が首をかしげて、

「私が皆さんを先導して、非常階段を下りたと言われて……。本当でしょうか？」

「もちろんですとも。人間、非常時には無意識に並外れた行動を取るものです」

「はあ……」

と、玉美はまだ納得できない様子で、

「でも、ビルを出るとき、みんなで声を合わせて『お手々つないで』を歌っていたらしいのですが、どうしてでしょう?」

解説（インタビュー）

ひだかなみ

――ひだかさんは、『吸血鬼はお年ごろ』シリーズで、２００８年以降、雑誌・WEB連載の扉絵とコバルト・オレンジ文庫の装画、双方を手がけておられます。どんないきさつでご担当されることになったのですか？

私が通っていた中学校の図書室にコバルト文庫が置いてあって、いろんなシリーズを片っ端から読むぐらい愛読して、レーベルにとても親しみがありました。それで、イラストレーターを目指そうとした時、コバルト・イラスト大賞に応募したんです。運良く応募作を最終選考まで残していただいて、それをきっかけに雑誌Ｃｏｂａｌｔの挿絵のお仕事をさせてもらうようになったのですが、ある時編集部から『吸血鬼はお年ごろ』の装画の打診をいただきまして。その時は、ちょっと信じられないというか、現実味を感じられないぐらい戸惑いました。赤川先生のお名前は子どもの頃から知っていましたし、私の母も赤川先生の作品の大ファンだったので、嬉しいというより緊張の方が大きくて！「あの赤川先生のご本の装画を、私が？本当にいいんですか？」というぐらいびっくりしました。

――キャラクターデザインを起こす際には、どんなことを意識しましたか？

キャラクターの絵を起こす時には、できるだけすっきりとしたデザインで、わかりやすく表現するよう心がけました。クロロックさんとエリカちゃんに関しては、初代のイラストレーター長尾治《ながおおさむ》さんのキャラクターの特徴をできるだけいかしつつ私の絵柄で、という意識で描いたものです。長尾さんが描くクロロックさんにはダンディな髭があって、私が描くクロロックさんには髭がないのですが、今の時代「かっこいいおじさま」を描くなら、髭がない方が若い女性読者にはとっつきやすいかな？　と思って、そこは変えさせていただきました。その他のキャラも、みどりは元気よく、千代子《ちよこ》は落ちついた雰囲気、虎《とら》ちゃんは吸血鬼っぽさがありつつも可愛らしく……など、わかりやすさを重視して描きましたね。クロロックさんの奥さんの涼子《りょうこ》さんについては、「エリカちゃんよりも年下」という設定があるので、エリカちゃんより若く見えて、さらにエリカちゃんと違うタイプの見た目になるよう描きました。

――ひだかさんの描かれるエリカは、毎回とってもお洒落なファッションを身につけていますよね。何をヒントにされているのでしょうか。

雑誌や動画配信などで見かけた可愛い服装を覚えておいて、エリカちゃんにはこんな服も似合うかな？　と思いながら毎回の衣装デザインをさせていただいています。髪型も色々とアレンジさせていただきつつ、エリカちゃんらしさは失わないように気をつけています。雑誌連載時の『天使と歌う吸血鬼』では、普段のエリカちゃんが着ないようなロック歌手風の衣装を着てもらったこともありましたし、エリカちゃんの服や髪型に関しては、毎回いろいろ遊ばせてもらっています。

——ファッショナブルなエリカと対照的に、毎回おなじみの吸血鬼スタイルで登場するクロロックですが、よく見ると、イラストの細かい部分に工夫がありますね。

クロロックさんはいつも黒マントがトレードマークで、吸血鬼スタイルのお召し物を着てらっしゃるのが基本ですよね。ただ、エリカちゃんがいろいろ着替えているのに、クロロックさんだけずっと同じ服というのも申し訳ないので、細かい部分をちょこちょこ変えていますね。マントの中に着るシャツのデザインを変えたり、おなじみのマントも裏地の色を変えたりと、できる範囲でお洒落してもらっています。『白鳥城の吸血鬼』の装画では、タイトルからイメージして、マントの留め具を白い羽根風のデザインに描いたりもしました。

——いろんな趣向を凝《こ》らして、バリエーションたっぷりに描いていただいているのですね。赤川先生から、イラストについてのご要望などはあったのでしょうか。

ありがたいことに、キャラクターデザインから毎回のイラストの内容まで、完全にお任せいただいています。毎回自由に描かせていただけることには、感謝しかありません。もし今後、赤川先生に質問できる機会があったら、『吸血鬼はお年ごろ』というすごく長いシリーズを書き続けてこられる中で、物語のインスピレーションがどこから湧いてくるのか。赤川先生の創作の源について、ぜひお聞きしてみたいと思っています。

――ひだかさんは『吸血鬼はお年ごろ』シリーズのどんなところが魅力だと思われますか?

　主人公のエリカちゃんとクロロックさんは吸血鬼父娘なので、普通の人間にはない力を持っていますよね。物語の中で大変な事件が起こった時も、二人は不思議な力でサラッと解決してしまう。見ていて爽快だし、楽しいなと思っています。事件を解決した後に、クロロックさんが印象的なひとことを言ってエピソードを締めるスタイルも、とってもユニークだと思います。

——作中で、ひだかさんが好きなキャラクターは誰ですか？

一番好きなのは、やっぱりエリカちゃんです。お父さんが吸血鬼で、彼女自身も吸血鬼の不思議な力を持っているのに、そういうところを深く気にせず、普通の女の子として楽しく現代を生きているのが素敵だなと思います。事件を解決するためにクロロックさんに手伝いを言いつけられるとご褒美をおねだりしてみたりと、ちゃっかりしたところも可愛い。それでいて、何か事件が起こると颯爽《さっそう》と活躍してくれるギャップも大好きです。

——エリカの父のクロロックは、それまで悪者として描かれることが多かった吸血鬼を、「正義の吸血鬼」として描いていますね。

吸血鬼といえば、もともと人の血を吸う怖い存在だったのに、クロロックさんは、最初から人を守ってくれる存在として受け容《い》れてしまえて、不思議な魅力があるんだなと感じています。物語をじっくり読むと、クロロックさんって吸血鬼の力を、人を助けるためにしか使っていない。本当にいい人なんですよね。吸血鬼として長く生きてすごい力を持っていて、「人間を超越した存在」として描かれているのに、奥さんの涼子さんに振り回されたり、娘のわがままにつきあったり、ごく普通のお父さんらしいところがある。人間世界では社長業をやっているけれど、何か物を買ったり食事に行ったりする時に「経費で」とか「涼子の許可を」って言い始めるし、お金持ちのやり手社長というよりは、普通のお父さんでサラリーマンみたいな親しみやすさがクロロックさんの魅力なんだと思います。もしクロロックさんと親しくなれたら、不思議な力で何かしてもらうよりも、美味しいものを食べに連れていってもらう方が楽しそうです。

――連載時の各エピソードの扉絵をどんな風に描くかは、どうやって決めているのですか。

タイトルに全てが集約されていると思っているので、まずはタイトルから受ける印象を大切にしています。お話の流れを見て調整をかけることもありますが、だいたいはタイトルの第一印象で何を描くか決めてしまいます。これまで本当にたくさんの装画と扉絵を描かせていただきましたが、印象に残っているエピソードは『吸血鬼と呪いの森』です。作中で綴《つづ》られるのが人間相手の事件ではなく、「森に襲われる」というお話で、スケールが大きく非常にインパクトがありました。タイトルから深くて暗い森をイメージして、少しダークな印象でまとめさせていただきました。この連載時の扉絵が、当時の担当さんにも気に入ってもらえたようで、「装画も連載の扉絵と同じ雰囲気でお願いします」とリクエストがありました。

——装画は、連載の扉絵と違う絵になるよう、あらかじめ相談されているのでしょうか。

『吸血鬼と呪いの森』のようにリクエストがあったのはレアで、装画に細かい指示をいただくことはほとんどなく、自由に描かせてもらっています。これまでの装画の中では、『吸血鬼は初恋の味』と『吸血鬼の誕生祝』がお気に入りです。『初恋の味』はパフェ、『誕生祝』はバースデーケーキをモチーフにしていて、華やかで可愛いらしいイラストになるよう意識して描いたのですが、デザインもすごく可愛くまとめていただけたのがとても嬉しかったです。

――コバルト・オレンジ文庫版には挿絵が入るので、レギュラーキャラに加えてゲストキャラを描かれることもありますよね。

毎回登場するいろんなゲストキャラのみなさんって、年齢性別が幅広いので、楽しみながら描かせてもらっています。描く時に気をつけているのは、個性的になりすぎないようにすること。エリカちゃんたちほど目を引く感じではなく、でも物語を読み込んで、人物像のイメージは入れ込みつつ描いています。この話にしか出てこない人なんだな、と思うと、デザインの自由度も高いですしね。最近では『吸血鬼と逃げた悪魔』に「タイムスリップしてきたフランス人」というかなり個性的な設定のキャラが登場して、彼はどう描いたものかとしばらく考えました。

――ひだかさんが本作のイラストを担当され始めてから、16年になります。長い期間一つの作品を描き続けるにあたり、どんなことを意識されているのでしょうか。

長年描き続けていると、自分でも気づかないうちに描き方のスタイルが変わってしまうことはあるかもしれません。ただ、イラストというものは、絵柄も塗り方も、時代ごとに支持されるものが移り変わっていくと思っています。ですから、今の読者さんに響くイラスト、届きやすいイラストを描きたいなと常に思っています。16年間描かせてもらって、エリカちゃんとクロロックさんとの距離が近づいた……という表現は適切ではないかもしれないのですが、以前よりも一層親しみの持てる存在になっているなと感じています。きっと、エリカちゃんとクロロックさんの物語はまだまだ続いていくと思いますので、私も描かせていただける限りは、赤川先生が綴るキャラクターたちの魅力を読者の方々にお届けするお手伝いができるよう、全力を尽くしたいと思っています！

（ひだか・なみ／イラストレーター・漫画家）

Vampire Series
SPECIAL
GALLERY

『吸血鬼はお年ごろ』シリーズ
スペシャルギャラリー

2008年から「吸血鬼はお年ごろ」シリーズイラストを担当しているひだかなみ先生が手がけた、雑誌『Cobalt』からWEBマガジン、そしてオレンジ文庫HP掲載当時の扉絵を完全収録!　懐かしの一枚やお気に入りの一枚を見つけてね。

「吸血鬼はお年ごろ」シリーズ(赤川次郎)●〔イラスト〕ひだかなみ

吸血鬼、レッドカーペットを行く(『Cobalt』2008年9月号)

ささやく影と吸血鬼
（『Cobalt』2009年5月号）

吸血鬼ドックへご案内
（『Cobalt』2009年1月号）

吸血鬼も夢をみる
（『Cobalt』2009年9月号）

Vampire Series
SPECIAL
GALLERY

吸血鬼と呪いの古城
前編
(『Cobalt』2010年1月号)

吸血鬼と呪いの古城 後編(『Cobalt』2010年1月号)

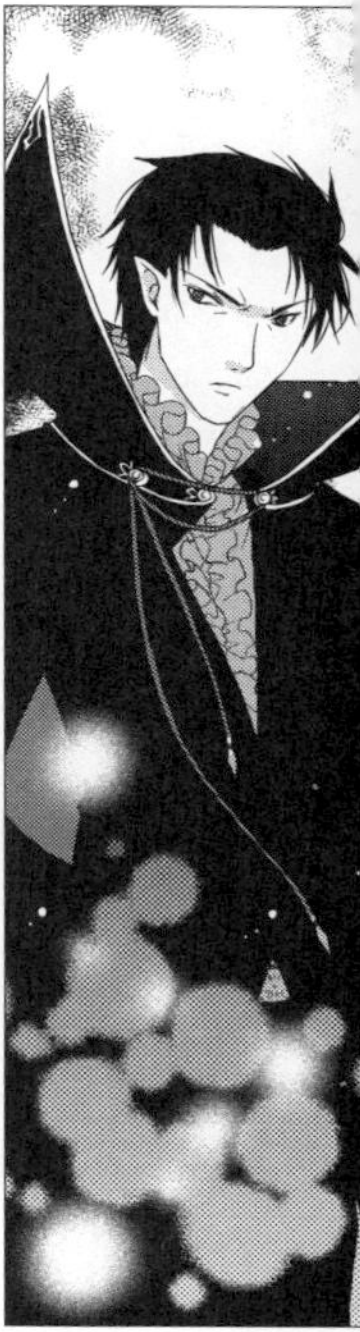

吸血鬼と揺れる大地
（『Cobalt』2010年5月号）

Vampire Series
SPECIAL
GALLERY

吸血鬼たちの休暇旅行
（『Cobalt』2010年9月号）

吸血鬼心中物語（『Cobalt』2011年1月号）

吸血鬼は今日も睡眠不足
（『Cobalt』2011年5月号）

吸血鬼の給与明細（『Cobalt』2011年9月号）

ドラキュラ記念吸血鬼フェスティバル
（『Cobalt』2012年1月号）

吸血鬼の迷路旅行
（『Cobalt』2012年5月号）

Vampire Series
SPECIAL
GALLERY

吸血鬼は裏切らない
（『Cobalt』2012年9月号）

すべての道は吸血鬼へ続く
（『Cobalt』2013年1月号）

吸血鬼は炎を超えて（『Cobalt』2013年5月号）

吸血鬼の人生相談所（『Cobalt』2014年1月号）

路地裏の吸血鬼（『Cobalt』2013年9月号））

吸血鬼の出張手当
（『Cobalt』2014年5月号）

Vampire Series
SPECIAL
GALLERY

天使と歌う吸血鬼 前編（『Cobalt』2014年9月号）

天使と歌う吸血鬼 後編（『Cobalt』2014年11月号）

吸血鬼とさびしいエレベーター
（『Cobalt』2015年1月号）

Vampire Series
SPECIAL
GALLERY

水の流れと吸血鬼（『Cobalt』2015年5月号）

吸血鬼は初恋の味（『Cobalt』2015年9月号）

Vampire Series
SPECIAL
GALLERY

吸血鬼の小さな灯
(『Cobalt』2016年1月号)

吸血鬼は化け猫がお好き
(『WEBマガジンCobalt』2016年12月)

吸血鬼と真夜中の呼び声
(『Cobalt』2016年5月号)

明日はわが身と吸血鬼
（『WEBマガジンCobalt』2017年4月）

吸血鬼の誕生祝
（『WEBマガジンCobalt』2017年8月）

Vampire Series
SPECIAL
GALLERY

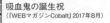

吸血鬼と幻の女
（『WEBマガジンCobalt』2017年12月）

吸血鬼選考委員会
（『WEBマガジンCobalt』
2018年4月）

吸血鬼と
伝説の名舞台
(『WEBマガジンCobalt』
2018年8月)

Vampire Series
SPECIAL
GALLERY

吸血鬼に鐘は鳴る
(『WEBマガジンCobalt』2018年12月)

吸血鬼は鏡の中に
（『WEBマガジンCobalt』2019年8月）

吸血鬼とバラ色のドレス
（『WEBマガジンCobalt』2019年4月）

吸血鬼の渡る島
（『WEBマガジンCobalt』2019年8月）

吸血鬼と呪いの森（『WEBマガジンCobalt』2019年12月）

Vampire Series
SPECIAL
GALLERY

吸血鬼と失われた記憶
（『WEBマガジンCobalt』2020年4月）

吸血鬼と悪夢の休日
（『WEBマガジンCobalt』2020年8月）

合唱組曲・吸血鬼のうた
（『WEBマガジンCobalt』2021年4月）

吸血鬼の道行日記
（『WEBマガジンCobalt』2020年12月）

Vampire Series
SPECIAL
GALLERY

不屈の吸血鬼
（『WEBマガジンCobalt』2021年12月）

吸血鬼に雨が降る（『WEBマガジンCobalt』2021年8月）

吸血鬼と猛獣使い
（『WEBマガジンCobalt』2022年4月）

吸血鬼と家出娘のランチタイム（『WEBマガジンCobalt』2022年8月）

吸血鬼と仇討志願
（『WEBマガジンCobalt』2022年12 月）

白鳥城の吸血鬼
（『WEBマガジンCobalt』2023年4月）

夕陽に立つ吸血鬼
（オレンジ文庫HP・2023年8月）

Vampire Series
SPECIAL
GALLERY

Vampire Series
SPECIAL
GALLERY

吸血鬼と逃げた悪魔
（オレンジ文庫HP・2023年12月）

吸血鬼に猫パンチ!
（オレンジ文庫HP・2024年4月）

吸血鬼と静かな隣人
（オレンジ文庫HP・2024年8月）

この作品は二〇一三年七月、集英社コバルト文庫より刊行されました。

集英社文庫

吸血鬼《きゅうけつき》は炎《ほのお》を超《こ》えて

2024年10月25日　第1刷　　定価はカバーに表示してあります。

著　者　赤川次郎《あかがわじろう》

発行者　樋口尚也

発行所　株式会社　集英社
東京都千代田区一ツ橋2-5-10　〒101-8050
電話　【編集部】03-3230-6095
【読者係】03-3230-6080
【販売部】03-3230-6393（書店専用）

印　刷　大日本印刷株式会社

製　本　大日本印刷株式会社

フォーマットデザイン　アリヤマデザインストア　　マークデザイン　居山浩二

ISBN978-4-08-744711-8 C0193